五行歌集

真珠層

旅人 tabito

市井社

真珠層

目次

マウスを握りながら

マウスを
握りながら
「転移ですね」と
医師は
画面に　告げた

自己責任は
手を差し伸べない
「免罪符」
君が傍観者で
いられるから

絶滅種の
卵子と精子を
保存する
現代のノアの箱舟
「冷凍動物園」

隠れトランプが
トランプを生んだ
小ヒトラーが
ヒトラーを
誕生させたように

葉の
葉脈まで見れば
きっと
森に
通じる

一斉に
携帯が鳴った
「高齢者避難開始」
豪雨のツアーバス
それでも旅は続く

両膝に
金属を入れて
「最強のサイボーグになったわ」
笑いながら
友は言った

水底にいるようだ
陽の揺らぎが分かる
すすり泣きが聞こえる
震災から二十三年
私を忘れないで

骸となった
モダンな校舎に
鳥が群れ騒ぎ
一面のナズナ
一面のナズナ

物乞う子等の
瞳を背に
通り過ぎる。
通り過ぎて　尚
残像が追いかけてくる

草木の祭り

春

橅《ブナ》が
冬眠から目覚め
呼吸を始めた
根開きの音が
微かに

雲間の光が
入り江を包み
壱岐の島は
とろりとろりと
夢の中

あれが
大島　利島　新島
光の海を
島たちが
泳ぐ

緑を従え
緑に向かって
緑に染まって
小海線は
走る

藤の長い花房が
微かに揺れ
甘い香りが滴り落ちて
六条御息所の
吐息が聞こえる

森の中では
私は耳
蜻蛉の羽ばたきも
葉を揺らす風も
聴こえる

ブナの林に
陽が射し込むと
蜉蝣《かげろう》が一斉に乱舞しはじめる
命をかけた恋に
迷いはない

夏

ヴィクトリア瀑布から
天へ
遥かな天へ
虹が
駆け上がる

滴を撥ね飛ばし
思いっきり
伸びをして
雨上がりの六月は
草木《そうもく》の祭り

オホーツク海と太平洋が
激しくぶつかり
咆哮する時
知床岬に
雲が湧き起こる

溶岩台地から
滝が流れ落ち
河口では
ヒグマが遊び
六月の知床は春

倒木は、すっぽり苔に覆われ
岩は瀬を作り
滝の音が微かに
奥入瀬は
水の住むところ

脱皮に
失敗した甲虫《かぶとむし》が
不器用に
交尾する
初夜

夕立の
水たまりに
雲が映り
ポンと飛んで
少女の私に逢う

湿りを帯びた真夜
凌霄花《ノウゼンカズラ》が
触手を伸ばし
おいで　おいでと
異界へ誘う

秋

秋雨に
五ミリの十字架が
重なり合う
金木犀の
祈り

新月の大室山は
漆黒の闇
生き物の
荒い息遣いが
聞こえる

都のはずれ
化野《あだしの》に
縁薄き者が眠っている
角のとれた石が
ざらりと連なる

夕陽が
山の端に沈むと
残照が
稜線を
焦がす

向日葵が
俯いて
大地をみつめる
種を宿した体を
労わるかのように

名残の
紅葉が一枚
鮮やかな苔の森に
舞い降りて
比叡に冬が来る

冬

枯葉も虫も
全てを包み込んで
土は
ふんわりと
絨毯になる

無数の氷を浮かべ
ネヴァ川は
サンクト・ペテルブルクを流れる
女帝エカテリーナが
愛した街

裸の
メタセコイアの
先が
月を
刺す

西日が池に
飛び込む
燃えて燃えて
波紋が日輪になって
燃え広がる

マイナス8度の阿寒湖に
花火が上がる
サラサラ　サラサラ
舞い降りながら
凍っていく

アユタヤの菩提樹

命

私は
アユタヤの菩提樹
足元の仏頭を
遥かな年月抱え続けたように
みどりごを抱く

大切な人は
心の内にいて
誠実に
生きているかと
問い続ける

待つこと
待ち続けること
柔らかな気持ちが
閉ざした心を
開かせる

明日と呼ぶ館で
命を語る
海から生まれ
還っていく
愛しき者たち

ほんとうの
やさしさって
さりげなくって
とおりすぎるまで
きがつかない

くるりくるりと
羊水の中で
宇宙遊泳をしている
君！
デヴューの時間です

無力な赤子が
周りの者を
変身させていく
ほら
口元がゆるんできた

限りなく柔らかな
幼子を抱く
病の母が
叶わなかったこと
幼子を　抱く

午前三時
救急外来は
深海のよう
濃密な呼吸音が
漂う

命の
有限を
告げられた時
ゆっくりと
二人分の紅茶を淹れる

戦死をした
思い人の京扇子を
柩に入れて
…お義母さんの
戦後は終わった

白湯

「また会えるから」
振り向きながら
手を振った
二十歳の春
静止画のまま

あなたの瞳の
奥の奥にある
何かを
知りたくて
あなたを見つめる

二十歳の春が
ターニングポイント
病める母に
寄り添うと
決めた日

介護をする
母の枕辺で
読み続けた本が
私を
つくっていた

念願の
赤い革の手帳を
手に入れた
さて何を書くか
白が眩しい

紫陽花の鉢から
芋虫が
ひょっこり
おや
お散歩ですか

からだが
さびしいときは
白湯を飲む
あたたかさがゆっくりと
おりてくる

湯呑みに
梅干し一つ
ポトンと落とし
ほとびていく
朝の時間

昆布、干し椎茸、鰹節
弱火で　コトコト　コトコト
出汁の香りで
何気ない大切な
一日が始まる

若芽を
ごま油でさっと炒め
仕上げは
少しの醤油と鰹節
向田邦子の絶品レシピ

冬瓜は
己の身に
出汁をたっぷり
含ませて
夏

通奏低音

本門寺の
石段を上りきると
池上の街が飛び込んで来る
故郷を喪った私の
新たな　ふるさと

ゴトンゴトンと
三両編成の池上線が
映画のように
夕陽を背負って
入ってくる

見知らぬ土地が
鼓動を始め
静画から動画へ変わった
君が居る
それだけで

高層ラウンジで
鳥と
目が
合った
昼の月が笑っている

下ろし立てのカジュアルシャツを着て
見つめ合いながら
フレンチを食べる
最高の誕生日
あなたの後ろ襟に　タグが

林檎を
すりおろしている
夫の後ろ姿を
臥せってみている
たまの風邪もいいな〜

私の
時間を
侵食するのは
愛しい
夫

群衆の中でも
遥かな砂漠でも
わたし
見つけることができる
あなたのこと

「ほうっておけない」
その思いで
生きてきた
…ような
気がする

哀しみの
通奏低音を
抱えて
二人で
生き続ける

真珠層のように

無音

言葉に
できない想いが
真珠層のように
重なって
人を創る

探している
言葉に
辿り着かない
言葉は
溢れているのに

行き暮れる日は
先達の
歌が
背を
押す

詠むことは
時を刻むこと
今
在ることを
印す

我が身に
引き寄せた時に
物事は
体温を帯びて
動き出す

行と行
言葉と言葉
あわいの
無音の音を
聴き続ける

不確かなものは
熟成するまで
語らない
沈黙が
想いを深めていく

その
一言で
心が開く
知り合った
長さではない

掬う

また一つ
歳を重ねる
重ねるごとに
脱皮して
軽くなっていく

古稀を迎えて
分かったことは
未熟であり
無知であり
発展途上にいること

記憶力が
衰えていくのは
きっと大切な
想いだけを
覚えておくため

奥に潜む
夜叉を
飼いならして
歳月が
菩薩に変えていく

一瞬一瞬の
連続が
未来に繋がり
今も過去になっていく
時が愛おしい

小さな
優位で
高揚する
ちっぽけな
私だ

「思考せよ
無思考は悪をうむ」
哲学者ハンナ・アーレント
あなたの言葉に
前頭葉が応える

「ことば肥満症」
逃げ場を喪って
朽ちていくのか
昇華するのか
累々と言葉の塔

否定して書く
肯定して書く
リアルな私
懼れずに
現れよ

時を経て
浮きあがる言葉を
両の手で
そっと
掬う

飲み込んだ言葉が
深く沈み
角が取れて
柔らかな音になるまで
待とう

『パンセ』を読む
歳を重ねて
学ぶのは何と楽しいことか
ゆっくりと考える
時間がある

呼吸

「潮もかなひぬ」
風が吹き始め
帆がはためいてきた
いざ
言葉の海へ

うたびとたちの
鼓動が響き
思いが脈打つ
歌会は
感応のライヴだ

珈琲の香りが満ちて
大きなテーブルが一つ
天窓の光を浴びて
歌人を
待ち続ける

居場所を
見つけた
私が
私の呼吸で
いられる

言葉が
伝わっていく
胸に届いていく
迷わず進めと
衣通姫《そとおりひめ》の聲が

個は
個として
存在して
響きあい
分かち合う

魂を揺さぶる
歌は
起爆剤となり
言葉たちを
覚醒させる

夜汽車が
ビルの間を抜けて
ぐんぐん
スピードを上げる
一番星に会いたい

微地形とは
等高線にも表れない
微妙な地形
かすかな
心の揺らぎのよう

出会いは
尽きることのない
化学反応
一＋一が
百にも千にも

風が水の粒を

聴く

風が水の粒を
巻き上げ
ターナーの描く機関車は
空気ごと
迫る

朝日の雪原に
カササギが一羽
うす桃色の空
うす青色の影
モネは雪を色分ける

丘の上で
白いパラソルの夫人が
初夏の風に吹かれている
モネは画布に
亡き妻の生命をとどめた

モネは描く
死を目前にした妻を
虚ろに閉じていく眼
失われていく顔色
絵筆は叫ぶように荒い

光と水と睡蓮が
融けあい
描いたものは大気
晩年のモネは
風景になった

異国の広場に
飛び交う言葉は
音楽のよう
ラビリンスに
迷い込む

ダフネの指先が
菩提樹へと変わっていく
メタモルフォーゼ
一瞬を大理石に刻む
ベルニーニの魔術

高い天《そら》に
はぐれ雲が浮かび
鳥になっていく
大きく翼を拡げた
マグリットの鳥

グリーグの愛した
フィヨルドで
ペールギュントが鳴り響き
無数の滝が
呼応する

カッカッカッと
ヒールの音が響き
ヨーロッパは
石の文化だと
音が教える

キース・ジャレットを聴きに
鶯が来た
どんどん近づいてくる
一緒に歌い始めた
好きだったんだ、ジャズが！

観る

漆黒に
月が留まる
高島野十郎は
自ら光る
「月」を求めた

蠟の溶ける音がする
炎の揺らぐ音も聴こえる
野十郎の「蠟燭」は
闇の音の中で
燃え続ける

曜変天目茶碗を
包み込む蒼の色は
深い海から泡となって
天を目指す時に
生まれた

和紙を
粉雪に見立て
墨で松葉を描く
応挙の
余白の美

カサ　枯葉を踏む
チチ　微かな鳥の声
菱田春草の「落葉」は
静かな音で
満ちる

朝顔の花一輪に
思いを凝縮して
迎合を拒否した
利休という
生き方

木喰の仏と
一緒に
口角を
上げて上げて
にぃ～～

ミケランジェロの「ピエタ」に
涙する仏師よ
あらん限りの哀しみを
ノミに託して
語れ

何故か
好きな絵が
美術はがきにはならない
ならば
目を凝らし脳裏に刻む

ジャガーに襲われた
白馬の
謐《しず》かな眼
ルソーの熱帯雨林の
秘かな交歓

放心した虚ろな目
絵筆も持たず
白いキャンバスの前で
観る者を見る
鴨居玲「1982年　私」

ギエムのボレロは
卑弥呼
身体を
神に捧げる
祈り

鵺か聖女か
地響く声で
自在に
舞台を翔ける
女優・白石加代子

一村

Isson

中央画壇を離れ
五十歳で奄美に向かい
描く
描く
ひたすら描く

背丈をはるかに超える
さとうきび畑が続く
幹も太く葉も強い
「ザワワ　ザワワ」
確かに濁音の風

クワズイモ　ソテツ
一斉に咆哮して
画面を蔽いつくして
命を歌い上げる
奄美賛歌

四センチもある
アダンの種を
掌に載せる
一村の声が
聞こえるだろうか

切り岸に一羽
アカショウビンが立つ
彼方を射る目は
本当のことを
追い続けた一村の目

節穴から覗く
おぼろなひかりに
土間が浮かび
幻影か
倒れた一村がいる

看取るものもなく
空の茶碗を
一つ残して
絵に殉じ
奄美に果てた

跋

哀しみ上の底深い交響

草壁焰太

跋を書き出す前に、五回ほど読んだ。ふしぎに底深い感動を覚えさせる歌集である。感動が幾層にも重なって、相互に交響し、各部がいつもどこかで鳴っているように感じる。

マイナス８度の阿寒湖に
花火が上がる
サラサラ　サラサラ
舞い降りながら
凍っていく

ヴィクトリア瀑布から
天へ
遥かな天へ

ブナの林に
陽が射し込むと
蜉蝣《かげろう》が一斉に乱舞しはじめる
命をかけた恋に
迷いはない

丘の上で
白いパラソルの夫人が
初夏の風に吹かれている

モネは画布に
亡き妻の生命をとどめた
虹が
駆け上がる

私と旅人さんは最初からいままでのうたびととの関係にもないような、明瞭なところから始まった。ある休日、たまたま事務所に一人いるとき、一本の電話があり、私が出た。もうその頃から、私が電話を取るということはなくなっていたが、たまたま私は独りでそこにいた。

「五行歌秀歌集を読んで、私も五行歌が書きたいと思ってお電話しました」

こんなに明確に五行歌を書く意志を示す人は珍しく、かつその動機が「五行歌秀歌集を読んで」というところが、明解であった。

私はすぐに五行歌の会に入会するように勧め、勉強したいというその人に法政エクステンションで行っていた私の「五行歌手習い塾」講座に来るように勧めた。私がこんなふうにすぐ勧誘したりすることもあまりないが、この方の意志がはっきりしていたことと、動機と声が明解であったことから、強引に講座に呼んでもいいだろう、いや、すぐにも五行歌について学習する最もいいチャンスに誘い込んだほうがこの人のためにもなるだろうと思ったのだった。

彼女は二十歳の頃、母の介護のために学業をあきらめ、そのために本の虫になっているような生涯を送っている人であった。何かを知ることに憧れが強い。

こういう方は何かを指導したいと思う人にとっては、最もやりやすいタイプの人である。

なんでも惜しみなく投げつけることができる。またすべてを吸収しようと努力し続ける。

彼女はずっと、その講座に出続けた。

二か月後くらいに開かれた全国大会にもすぐ参加し、そのうえ、始めて数日後くらいに書いた作品で、全国大会で一席となった。この歌集の冒頭の歌、

マウスを
握りながら

「転移ですね」と
医師は
画面に　告げた

が、その歌である。二百五十人もの参加者の中で一席を取ることは相当難しい。この歌は一席にしては、医師の冷たい態度が主題であるから、感動の深さがないように思ったが、実は彼女にとっていちばん意味深い瞬間の歌であることは、この歌集の冒頭に置かれたことで初めて私にわかった。

そこで聞いてみると、恩師の介護もされて、病院通いを共にされていたのだという。

いのちに関わる心の厚みが、おそらく五行歌人たちに底のほうから訴えたに違いない。

再婚されたご主人とは、「グリーフケアの会」で知り合われた。いのちへの哀しみが、新しい出発の上にあった。その新しいふるさとの町の寺の山門が表紙の絵である。だが、この絵にはよく見ると、こまかな雨が降っている。
その哀しみは「通奏低音」としてこの歌集の底に続く。それは、「真珠層」という言葉にもつながるであろう。

哀しみの
通奏低音を
抱えて
二人で
生き続ける

言葉に
できない想いが
真珠層のように
重なって
人を創る

時を経て
浮きあがる言葉を
両の手で

そっと
掬う

この歌集の哀しみははっきりしているが、作者がかならずしも明解には示していない。だが、あとがきには刀で迷いを断ち切るように鮮やかに書いた。

彼女はいま二度目の結婚生活の中にあるが、ご主人もそうであるらしく、しかも双方が相手を亡くしての再婚である。私は不埒にも自分の都合で再婚したが、人間は案外純情なもので、一回性信仰のようなものが心の底にあるものだ。

二回目の結婚生活は、心の傷みの上にあるといっていいような。

明瞭な彼女が、そこは明瞭になれない。これが全編を通じて響いている悲しみのようなものだろうと私は思う。彼女は表すことはできないと思いながら、言葉を捜し続けたのだ。そして辛うじて掬いあげることができたのがここにある言葉だというのである。

しかし、彼女が外界のもの、風景、芸術作品などを観るときは、明瞭な性格と強い感性でどこまでも感動を追及し、その感動を最適の言葉で造型しようとする。

彼女は、心、意識が立っている人である。なかには、寝ている人も、座している人も、歩いている人もいるが、心、意識の立った人は、追及する意思が明瞭で、それぞれの対象に対する感動をとことん造型する。その感動の質が別物であって、かつそれぞれに印象的である。それが響きを複雑にし、協奏させ、交響詩とするのである。

言い難い哀しみとは違って、その哀しみを背景として「凍る花火」のように明解で際立った詩とする。それらの感動は、どこかでつながっているから交響するが、その中心にあるのがいのちであろう。

私は　　　　　　　介護をする
アユタヤの菩提樹　母の枕辺で
足元の仏頭を　　　読み続けた本が
遥かな年月抱え続けたように　私を

みどりごを抱く　　　　　　　つくっていた

底深い感動の中心にあるのは、ここであろう。彼女はいのちを看るためにいちばん好きな学業をあきらめたが、そこで読んだ本が、学業以上のものをもたらしたと私は思う。全体を見て、私がため息をついて呟いたことは、「歌集を出した人のなかで、こんなに頭のいい人は初めてだなあ」ということだった。

ほんとうにいい頭は、自分で学び思ってつくるものだとかねて思っていた。彼女はいのちのために学業は放棄したが、それ以上のものをつくりあげたのであった。動機も正しかった。よい知識も得、いのちも育て、内外を旅し、芸術で心を開き、そのうえそれらを詩歌としてこんなに明確に表現し、それらを交響させた。

「あなたは芸術作品について歌にできる人だから、どんどん書きなさい」と言ったことがある。ターナー、モネ、ベルニーニ、高島野十郎、応挙、菱田春草、鴨居玲、田中一村…、私は彼女の芸術物が好きで、作品を見ては、これらの芸術家を調べたものである。

芸術についての作品は実は最も難しい。優れた芸術の真髄に迫って、かつ感動を伝えなければならないからである。

その歌を見て、人が対象の芸術家やその作品を見直すくらいでなければならない。それは固有名詞の歌といってもいいかもしれない。その歌によって、書かれた対象の人物や土地が、人々の心となるような作品が書ければ、芸術について、あるいは固有名詞の入った歌を書いてもよい。私はそう思っている。彼女はそれができる数少ない人の一人である。

ここには、もう作品の引用はしない。一つ一つ、読み手のみなさんが味わって頂きたい。その多様さ、そのそれぞれの響きのよさ、共鳴し合う奥深さについてぜひ自分で味わってほしい。

ここまで歌集を造型した旅人さんに敬服する。そして、すべては彼女の筆名「旅人」につながっていることが最後にわかった。そこまで考えていた人であることにも驚いた。彼女はきわめて多様な対象物を旅した。この集のもう一つの大きなタイトルは、「旅人」である。

あとがき

表題を決めかねて逡巡する日々が続いたある日、ふと、次女の言葉が浮かんだ。

十五年前の入社面接のとき、

「人生で一番嬉しかったことは何ですか」と尋ねられ、

「母が再婚したことです」と答えたそうだ。

二十歳そこそこの娘の言葉に、面接官は、さぞ面食らったことだろう。私たちも聞いてびっくりした。

今は四十になった娘たちと夫を、柔らかな気持ちが穏やかに包み込む。私と夫を結びつけたのは伴侶を喪った者の哀しみ。今でも通奏低音のごとく響き続けている。途絶えることのない思いが重なり、いつの間にか真珠のように層を作っていく。表題を『真珠層』に決めた。迷いを払拭したのが十五年前の言葉だったとは…。お願いしていた前田さんの挿し絵が仕上がってきた。雨に濡れる仁王門から光がさしている。緑と門と石畳が混然一体となって小宇宙をつくる。光の門へ歌が入っていく。

歌集を編むとは自作品を俯瞰して読むことだと気づいた。しかし読むと推敲したくなり終わりが見えなくなる。いつまでも途上にいる気持ちだ。それでも読み続けると、何が好きで、何に拘り、何を言いたいのか浮かび上がってくる。古希を迎えてこのような贅沢な時間が待っていたとは望外の悦びだ。田中一村のように高島野十郎のように私は私の歌を描き続けていく。そして、歌が、誰かの心に寄り添えることができたら、これ以上の喜びはない。

最後になりましたが跋文をかいてくださった草壁焔太主宰、歌集作りを勧めてくださった三好叙子副主宰、お世話になった挿し絵の前田慎さん、装丁の井椎しづくさん、事務所の皆さん、池上サロンの皆さん、五行歌で出会った人たち、そして家族へ、心からお礼を申し上げます。
本当にありがとうございました。

令和元年十一月

旅　人

旅人（たびと）

1947年　東京生まれ

下町のお転婆娘がヘッセ大好き少女になった。そして福永武彦に心酔していく。

1965年　共立女子高校卒業

1965年　國學院大學国文科入学、書道研究会に入部する

1967年　在学中2年の時に母の看病のため中退

2012年　五行歌の会入会

趣味　美術館巡り
　　　朗読「ことばの舟」所属

現在、五行歌の会同人、五行歌・池上サロン代表、大田区池上在住

五行歌集《ごぎょうかしゅう》　真珠層《しんじゅそう》

2019年12月24日　初版第1刷発行

著　者　　旅《たび》　人《と》
発行人　　三好清明
発行所　　株式会社 市井社《しせいしゃ》

〒162-0843
東京都新宿区市谷田町3-19 川辺ビル1F
電話　03-3267-7601
http://5gyohka.com/shiseisha/

印刷所　　創栄図書印刷 株式会社
絵　　　　前田　慎
装　丁　　しづく

ISBN978-4-88208-168-5

五行歌五則

一、五行歌は、和歌と古代歌謡に基いて新たに創られた新形式の短詩である。

一、作品は五行からなる。例外として、四行、六行のものも稀に認める。

一、一行は一句を意味する。改行は言葉の区切り、または息の区切りで行う。

一、字数に制約は設けないが、作品に詩歌らしい感じをもたせること。

一、内容などには制約をもうけない。

五行歌とは

五行歌とは、五行で書く歌のことです。万葉集以前の日本人は、自由に歌を書いていました。その古代歌謡にならって、現代の言葉で同じように自由に書いたのが、五行歌です。五行にする理由は、古代でも約半数が五句構成だったためです。

この新形式は、約六十年前に、五行歌の会の主宰、草壁焰太が発想したもので、一九九四年に約三十人で会はスタートしました。五行歌は現代人の各個人の独立した感性、思いを表すのにぴったりの形式であり、誰にも書け、誰にも独自の表現を完成できるものです。

このため、年々会員数は増え、全国に百数十の支部があり、愛好者は五十万人にのぼります。

五行歌の会　http://5gyohka.com/
〒162-0843　東京都新宿区市谷田町三―一九
川辺ビル一階
電話　〇三（三二六七）七六〇七
ファクス　〇三（三二六七）七六九七